AF309880

LA GUERRE
DES DISTRICTS,

OU

LA FUITE DE MARAT;

POÈME HÉROI-COMIQUE,

EN TROIS CHANTS.

Fert animus causas novarum expromere rerum,
Ridiculumque aperitur opus. Quid in arma furentem
Impulerit populum, quid pacem excusserit urbi?

LUCAIN.

Prix, 15 sols.

A PARIS,

1790.

PRÉFACE QU'ON PEUT LIRE.

On fait que le grand HOMÈRE ne dédaigna pas de faire un poëme héroï-comique ; la Batrachomyomachie, c'eſt-à-dire, la guerre des grenouilles & des rats. Les diſtricts ſe fâcheront peut-être qu'on ait oſé les aſſimiler à des bêtes de cette eſpèce là ; mais la poéſie a ſes licences.

TASSONI, en Italie, fit le poëme de la Secchia rapita, c'eſt-à-dire, le ſceau enlevé. C'eſt de lui dont VOLTAIRE diſoit :

> O TASSONI ! ſi long dans tes diſcours,
> De vers prodigue & d'eſprit fort avare ;
> Me faudra-t-il dans mon deſtin biſarre,
> De tes langueurs implorer le ſecours !

Nous avons tâché dans cette bagatelle de faire le rebours du poëte Italien, & les diſtricts ne manqueront pas de dire que nous n'avons pas réuſſi ; ce qui ſera bien généreux.

BOILEAU fit le Lutrin ; POPE, la boucle de cheveux enlevée, & VOLTAIRE, la guerre de Genève. Nous avons pris un ton plus bas que tous ces Meſſieurs. Les vers de ſept ſyllabes courent comme la proſe, la rime revient ſans ceſſe, & quand on ſait l'entremêler avec art, elle produit un agréable effet. Un poëme de ce genre ne vaut que par l'imagination & la facilité, qui eſt la grace de l'eſprit, comme VOLTAIRE le diſoit ſouvent. Il eſt bien difficile en poéſie d'être

A 2

facile. Au reſte, nous laiſſons à MM. les diſtricts de juger ſi notre talent vaut mieux que nos intentions. Quoique ce poëme ſoit comique, nous aimerions mieux encore qu'il les fît pleurer que de les voir rire ; ce qui eſt horrible à avouer, mais il ne faut pas être hypocrite.

Toute l'Europe connoît l'avanture du fameux MARAT, & l'armement qui ſe fit pour & contre lui. Ainſi nous n'en dirons pas davantage : le poëme dira le reſte. Il y a long-temps qu'il auroit dû paroître, ſi la trame d'une CONTRE - RÉVOLUTION n'en avoit cauſé le retard. Nous voulions faire aborder de nuit, entre le Pont-Neuf & le Pont-Royal, 50 vaiſſeaux de ligne bien arme͂s, & faire defcendre en ballon 60 mille Croates, dans la plaine de Grenelle. Tout cela nous a fort occupé, & en faveur de la réuſſite d'un ſi hardi projet, nous aurions fait le ſacrifice de cette plaiſanterie ; mais nous ne le pouvons plus en conf- cience. Nous eſpérons que cet aveu réconciliera avec notre Poëme MM. NECKRE, BAILLY, LA FAYETTE, & MM. LES DISTRICTS, qui craignent moins les piquûres du ridicule, que les bleſſures des ſabres & des canons. C'eſt une belle habitude & une louable prudence.

LA GUERRE DES DISTRICTS,

OU

L'ENLEVEMENT DE MARAT.

POÉME HÉROI-COMIQUE.

CHANT PREMIER.

TOI, qui chantois les combats
Des grenouilles & des rats,
Sur les rives du Scamandre ;
Viens, hâte-toi de descendre :
Muse ! prête-moi ta voix.
Je vais dire les exploits,
De ce district redoutable,
Où de valeureux bourgeois,
Soutinrent si bien les droits
D'un Génie incomparable.

MARAT, (1) ce profond penseur,
D'une plume quotidienne,
Fatiguoit la douce humeur
De ce jeune Dictateur,

A 3

Dont la gloire Parisienne
Vaut, autant, sur mon honneur,
Que sa gloire Américaine.
NECKER le calculateur,
Infatigable emprunteur,
En lui trouvoit un censeur.
BAILLY, ce maire suprème,
L'avoit toujours sur les bras ;
Il crioit à l'anathême,
Et ne se consoloit pas.

   Ces trois fameux personnages,
Irrités de tant d'outrages,
Se réunirent un jour :
Alors sans aucun détour,
NECKRE dit à la FAYETTE ;
« Il faut faire un coup de tête.
» MARAT, ce noir écrivain,
» Verse sur nous son venin ;
» C'est un serpent à sonnette.
» Il me fait passer pour bête ;
» Le bruit s'en répand déjà ;
» Et pour éviter cela
» Il faut enfin qu'on l'arrête.
Le Maire donne sa voix
Au discours du Génevois ;
Et d'une ame déchirée,
Se plaint au jeune héros,
Que MARAT, ce roi des sots,
Insultoit à tout propos
Et son luxe & sa livrée.

» Digne d'un obscur mépris ;
» Devrois-je sans étalage ,
» Comme un mince personnage ;
» Me promener dans Paris ?
» Le luxe m'est nécessaire
» Pour éblouir le vulgaire.
» Ainsi , sans tant raisonner ,
» Il vous faut emprisonner
» Ce méchant folliculaire.

Le tout bien considéré ,
Et le héros préparé ,
Il leur dit d'une voix fière :
» Messieurs , à tout je consens ;
» Vos conseils sont très-prudens.
» MARAT , sans cesse s'applique ,
» A diriger sa critique ,
» Contre nos heureux talens ;
» J'armerai mes combattans,
» J'enleverai le caustique ,
» Et demain il est dedans.

Alors le Trio se baise ,
En se touchant dans la main ,
Et se disant , à demain.
Ils ne se sentent pas d'aise.
Hélas ! que l'homme est léger !
Quelle espérance frivole !
Ils sont heureux sur parole ;
Demain le sort peut changer.

BAILLY , précédé d'un page ,

Dans ſon pompeux équipage ,
Revient chez lui leſtement ;
NECKRE va plus doucement.
Comme DUBOIS , ſon confrère ,
LA FAYETTE fiérement ,
Monte ſur ſon cheval blanc :
Il eſt ſuivi par derrière ,
Par GOUVION & DUMAS , (a)
Et par quatre ou cinq ſoldats.

   Mais cette prompte Déeſſe
Qui vole ſans fin , ſans ceſſe ,
Pour avertir les humains
Des bons & mauvais deſſeins ;
Pénètre dans cette égliſe
Où règne FRANÇOIS D'ASSISE ,
Et dit aux braves guerriers
Du Diſtrict des Cordeliers :
» BAILLY , NECKRE & LA FAYETTE ,
» Par un affreux concordat ,
» Veulent enlever MARAT ;
» C'eſt pour demain qu'on s'apprête
» A faire ce coup d'éclat ;
» Craignez tout , je le repète ,
» De ce fier TRIUMVIRAT.

   Ayant dit , cette Courrière
Diſparoît comme l'éclair ,
Et ſes pieds tracent dans l'air ,
Un beau ſillon de lumière.
Les bourgeois tout ébloui ,

Ne font pas moins ébahis.

    D'Anton , (3) auffi-tôt commence ;
D'Anton , ferme préfident,
Et bien plus fier qu'Artaban :
» D'où vient donc ce grand filence !
» Sommes-nous donc des poltrons !
» Nous avons des bataillons.
» Marat , ce Dieu tutélaire
» Des quartiers des environs ,
» Sera pris comme un corfaire ,
» Pour donner quelques leçons
» Aux defpotes avortons
» Dont nous n'avons plus que faire ?
» Que devient la liberté
» Si ce crime eft attenté !
» La bataille eft néceffaire ;
» Son journal eft bel & bon ,
» C'eft un vrai Palladion ;
» S'il eft forcé de fe taire ,
» Meffieurs, c'eft fait d'Ilion.

    Ce trait d'érudition
En impofe à la cohue ;
Elle flotte irréfolue :
Quand , faifant fa motion,
Monfieur Fabre d'Églantine , (4)
Rajuftant fa laide mine ,
Se lève fur le talon.
Il fait l'homme d'importance ,
Autant que Cuiftre de France.

Jadis, mauvais comédien
De Province, & franc vaurien.
De rimailler il se pique ;
Il a fait œuvre comique,
Où, dans un rôle empoulé,
Il a fait enrouer MOLÉ.
Laissons-là sa ressemblance,
Et parlons de la séance.

» Le discours du grand d'ANTON
» Prouve qu'il n'est pas poltron,
    dit-il, avec assurance,
» En voici la conséquence :
» Si demain nous nous battons,
» La bataille nous perdrons.
» Il ne faut pas que je nie
» Que MARAT soit un génie,
» En Europe bien connu ;
» Mais pour un individu,
» Malgré la philosophie,
» Voulez-vous qu'on s'estropie,
» Et qu'un district soit vaincu !
» Quant à moi, je vous l'avoue,
» Et je prétends qu'on m'en loue,
» Je chéris sur-tout la paix ;
» Et si quelque ARISTOCRATE
» Me poussoit jusqu'aux soufflets,
» Je serois bon DÉMOCRATE,
» Et lui serois un procès.
» Avec l'encre, avec la plume
» On ne se fait point de mal ;

» Mais cette poudre qui fume,
» Et ces balles de métal,
» Tout cela fait tort en diable,
» Et vous mène un misérable
» Tout droit dans un hôpital :
» Je connois ce lieu bannal.
» Messieurs, voici la justice ;
» MARAT nous est demandé,
» Il faut qu'il soit accordé ;
» (Que pour tous, un seul périsse.)

A ces mots, le grand d'ANTON
Lui dit : « face de THERSITE,
» Ta morale est un poison ;
» Sors de l'église au plus vite,
» Ou crains les coups de bâton.
» Messieurs, croirez-vous ce traître !
» Un district si révéré
» Sera-t-il déshonoré ?
» Non, vous craignez trop de l'être ;
» Je reconnois bien vos cœurs ;
» Allez, nous ferons vainqueurs. »

NAUDET, fameux capitaine, (5)
Qu'on voit souvent sur la scène,
Gagne maints & maints combats,
Par la valeur de son bras,
Répondit de la victoire ;
Chaque bourgeois entraîné
Par son ton déterminé,
Fut obligé de le croire.

Le père Dieu , Cordelier, (6)
Dont l'air n'est pas mal guerrier ,
Leur dit , retroussant sa manche ,
D'un son de voix enviné :
» Après avoir déjeûné ,
» J'ai dit ma messe Dimanche ;
» Mais je jure mon cordon ,
» De n'avaler de ma vie
» Aucun vin de sacristie ,
» Si Saint-François , mon patron,
» Pour qui j'ai fait un sermon ,
» Ne prête son assistance
» Aux enfans de l'observance.
» Messieurs , nous vous aiderons ,
» Nos pères sont bons lurrons
» Quand ils ont rempli leur panse ;
» La victoire nous aurons. »

Ce discours un peu bachique ,
Mais pourtant fort héroïque ,
Donne du cœur aux bourgeois ;
On prend aussi-tôt les voix ;
Le parti guerrier l'emporte ,
Et cette brave cohorte
Se dissipe en un moment ,
Pour faire son armement.

NOTES DU CHANT PREMIER.

(1) MARAT, ci-devant médecin. Il n'a pas fait comme PERRAUT, qui devint bon architecte en quittant son premier métier; MARAT n'est pas devenu bon écrivain. L'opium étoit son remède universel, quand il exerçoit la médecine, & il le prodigue à ses lecteurs avec la même profusion. Voilà l'empire de l'habitude ; c'est ce qui a fait dire à Pascal, (qu'elle est une première nature.) C'est lui qui fait L'AMI DU PEUPLE, journal qui dévore tous les autres, comme le serpent d'Aaron.

Nous avions fait le quatrain suivant, dans le temps que les districts se défendoient si bien : il est adressé aux Parisiens.

> *On ne peut trop vanter votre noble courage ,*
> *Et vous serez toujours applaudis par GARAT ;*
> *Le Roi, conquis par vous, gémit dans l'esclavage ,*
> *Et vous avez sauvé MARAT.*

(2) MM. GOUVION & DUMAS. Le premier est le détailleur de M. de LA FAYETTE. Il le conseille, il le mène, il le pousse. C'est un homme fin, faux, froid, insinuant, intrigant, impudent. Ses amis ne lui reconnoissent que le vice de l'ivrognerie ; les indifférens n'ont pas la même indulgence

L'autre a à-peu-près les mêmes défauts ; *scelus ; quos inquinat, æquat ;* mais il ne s'ennivre pas. Cet homme, dont les talens sont très-équivoques, & qui, d'une naissance obscure, avilie même, s'est élevé au grade de colonel , & qui avoit remplacé M. de GUIBERT dans le conseil de la guerre, n'a rien eu de plus pressé que de se jetter dans la révolution, prenant l'ingratitude pour le patriotisme.

(3) D'ANTON , avocat aux conseils. DÉMAGOGUE zélé, qui a plus de caractère que d'esprit , & qui croit MARAT un grand génie. Il étoit président du district des Cordeliers, dans le temps de la fameuse aventure.

(4) Le poëme ne laisse rien à dire sur le compte de FABRE D'EGLANTINE. Il est l'auteur de la suite du Misantrope ; ouvrage sans style, rempli de déclamations & de mauvais goût. Le caractère du Misantrope a quelques beautés, mais il est exagéré, ainsi que celui de Philinte. MOLÉ aime mieux cette comédie que celle de MOLIÈRE. *Trahit sua quemque voluptas* .

(5) NAUDET , ancien sergent des Gardes-Françaises ; c'est un galant homme , dont le talent ne chagrine personne, & à qui on n'a rien à reprocher que l'habit qu'il porte. Il est capitaine dans la garde nationale.

(6) Le père DIEU a servi de modèle à VOLTAIRE, pour son Grisbourdon. L'éloge n'est pas petit.

CHANT SECOND.

Lorsque le cri des grenouilles
Et celui des chats-huants
Eût averti les patrouilles
De surveiller les passans ;
Et que mainte & mainte horloge
Eût déjà sonné minuit ,
Une Déesse allobroge
Sortit de son noir réduit.
Son siège est l'hôtel-de-ville ;
C'est là que dans un fauteuil
Elle caresse de l'œil
Cette cohorte civile
Dont Paris souffle l'orgueil.
FAUCHER , cet abbé sinistre , (1)
Est l'amant & le ministre
De cette Divinité ,
Dont l'œil est tout hébété.
C'est là que FAUCHER se mire ;
Et c'est elle qui l'inspire ,
Quand il fait les beaux discours ,
Qui , désespérant nos Princes
Dans Paris , dans les Provinces ,
Ont un si rapide cours.

Cette fameuse Déesse
Est toute ronde de graisse ;
Elle marche lourdement ,

Rit & pleure à tout moment,
Sans qu'aucun sujet la preſſe.
Elle vivoit dans la Grèce
Dans le temps que ſes bourgeois
Feſoient partout des exploits.
Mais c'étoit en BÉOTIE *
Qu'elle avoit paſſé ſa vie :
Depuis, dans beaucoup d'endroits,
S'étant fait une patrie,
De Paris elle fit choix.
Sur un char fait de peau d'âne,
Soutenu par vingt oiſons,
Dans l'air que nous reſpirons,
Elle ſe gliſſe, elle plane.
Elle marche ſans falot,
Et ſon ſceptre eſt un pavot.

    A ſes pieds ſont les ouvrages,
Et les hardis bavardages
Des factieux écrivains
Qu'un ſot orgueil rend ſi vains.
La Déeſſe les protège,
Et ſon char eſt tout rempli
Des œuvres de CÉRUTTI. (2)
Elle ſe plait au MANÈGE ;
Le comte de MIRABEAU
Eſt pour elle un vrai flambeau.
Mille cuiſtres de collège,

---

* Les *Béotiens* étoient les *Champenois* de la Grèce.

Modernes

Modernes aliborons,
Les TARGET, les PETIONS, (3)
Les DUPORT & les DUPONS,
Et tous leur nombreux cortège,
Sont autant de CICÉRONS ;
Dont l'éloquente Déeſe,
Avec toute ſon adreſſe,
A dicté les motions.

Mais il faut bien que je diſe
Quelle eſt cette Déité
Qui m'a long-temps arrété :
Elle eſt ſœur de la SOTTISE,
Et ſon nom eſt la BÊTISE.

Cette Reine des badauts,
Ayant appris les travaux
Du diſtrict de l'OBSERVANCE ; *
Se gliſſe dans le ſilence,
Et pénètre ſans flambeau
Chez le fameux MIRABEAU. (4)
Et apperçut ce grand homme
Qui dormoit d'un profond ſomme.
Ses mains tenoient un portrait,
Où la femme d'un libraire, (5)
Dégoutante ménagère,
Étoit peinte trait pour trait.

---

* C'eſt - à - dire , *des Cordeliers.* La rue de l'Obſervance
touche à l'égliſe.

B

Sous sa tête appésantie ,
Et sous l'oreiller blotie ,
On voyoit la LACHETÉ ,
Sa chère Divinité.
Le moindre bruit l'épouvante :
Et l'on n'a qu'à la fixer
Si l'on veut l'emba rasser.
Elle est adroite & prudente ;
Elle craint de s'engager
Dans le plus petit danger.
Sa démarche est chancelante.
Sa triste & timide voix
Est assez insinuante.
Grenouille & lièvre à la fois ,
Sa figure est déplaisante.
Comme une chauve-souris ,
Sous les bra: elle a deux ailes ;
C'est pour fuir ses ennemis
Et les chercheurs de querelles.
Elle a connu MIRABEAU
Lorsqu'il étoit au berceau.
C'est sa compagne fidelle ,
Il est son plus ferme appui :
Et puisqu'il est digne d'elle ,
Elle est bien digne de lui.

Mais sur sa large poitrine ,
En guise de cochemar ,
Dormoit un monstre hagard ,
Dont l'affreuse & basse mine ,
Épouvante le regard.

Sans ceſſe il aiguiſe un dard ,
Et dans ſa barbare joie
Il cherche par-tout ſa proie.
Son ongle eſt dur & tranchant ;
Ses yeux ſont rouges de ſang ;
Une faim toujours ardente
Le conſume & le tourmente.
Ce monſtre ſi redouté ,
Se nomme la CRUAUTÉ.

Le Châtelet , noir repaire ,
Eſt ſon aſyle ordinaire ,
Et d'un glaive menaçant ,
Elle y frappe l'innocent. *

Lors lui parlant à l'oreille ,
La BÉTISE la réveille.
» Couſine ! tu peux dormir ?
» Bientôt l'heure va venir ,
» Où mon mignon LA FAYETTE ,
» Réveillé par la trompette ,
» Doit monter ſur ſon cheval ,
» Pour faire un coup capital.
» Le grand MARAT on veut prendre ,
» Pour le fourrer en priſon ;
» Son Diſtrict veut le défendre
» Et prépare ſon canon.

---

* Alluſion au Marquis de Favras.

» Les guerriers de L'OBSERVANCE

» Ont fait plus d'une alliance ;

» Le Diftrict SAINT - SEVERIN

» Doit prêter un coup de main.

» Ils ont une autre affiftance,

» Et le fauxbourg SAINT-MARCEAU

» Va déployer fon Drapeau.

» Dans cette terrible affaire

» Coufine ! que faut-il faire ?

La CRUAUTÉ fouriant
Lui dit : « Nous aurons du fang ».
Son œil de joie étincelle,
Et fon horrible prunelle
S'allumant comme un flambeau,
Couvre de feu MIRABEAU.
Sans le tirer de fon fomme ,
En fonge elle l'avertit ,
Du combat dont il s'agit ;
Voici ce que répondit ,
Ce véritable grand homme.

» Les Diftricts font mes amis

» Et c'eft par eux que je règne ;

» Il faut furtout que je craigne

» D'en faire mes ennemis.

» Une vengeance auffi bête

» Pour ce pauvre La Fayette

» A de merveilleux appas ;

» Je ne fuivrai point fes pas ,

» J'aime pourtant les combats,
» Mais c'eſt quand je n'y ſuis pas ».
   La LACHETÉ réjouie
D'un diſcours auſſi prudent,
Se lève ſur ſon ſéant ;
Admire ce grand génie,
Et dit à la CRUAUTÉ
Qui n'eſt pas ſon ennemie :
» Allez d'un autre côté.
» BARNAVE eſt rempli de zèle,
» Les LAMETH n'en manquent pas ;
» D'AIGUILLON (6) la péronelle,
» Et tant d'autres bons Soldats,
» Pourront vous ſuivre aux combats ».

   A ces mots dits ſans réplique,
La CRUAUTÉ ſort ſans bruit,
Et la BÉTISE la ſuit.
BARNAVE au viſage étique
Par le couple déteſté
Fut le premier viſité.

   BARNAVE, cœur ſanguinaire,
Se fit d'abord l'écolier
Du Philoſophe MOUNIER :
C'étoit ſon Dieu tutélaire,
Humble, il s'en fit protéger,
Puis il voulut l'égorger.
C'eſt le ſerpent de la fable

Qui lança son noir venin,
Contre l'homme charitable
Qui l'échauffa dans son sein.

Dans son odieux repaire
BARNAVE tout agité,
Sommeilloit épouvanté :
Du crime, c'est le salaire.
Quand l'affreuse CRUAUTÉ,
A voix basse l'endoctrine,
Lui souffle dans la poitrine,
Qu'il faut livrer un combat
Dans l'affaire de MARAT.
» Renforcé par la canaille,
» Montre toi dans la bataille,
» Dit-elle, sois sans effroi ;
» Cette pique que tu voi,
» J'en égorgeai dans Versaille,
» Les braves GARDES DU ROI :
» Je ne la donne qu'à toi.

La Déesse furibonde,
Ayant dit, poursuit sa ronde.
Elle va chez D'AIGUILLON
Et lui porte un cotillon.
Chez ses braves Camarades
Elle court du même pié :
Vainqueur des ANNONCIADES
Tu ne fus pas oublié ! (7)

Elle vole dans l'Eglife
Où ce généreux guerrier,
Le père Dieu Cordelier,
Le moteur de l'entreprife,
Et le Héros du quartier,
Ronfloit comme un Maltotier.
La Déeffe l'électrife,
Et Dieu fera le premier
A bien faire fon métier.

Lorfque fa courfe fut faite
Elle alla chez La Fayette ;
Elle y trouva Gouvion,
Dumas, fon cher Compagnon,
Et la horde militaire
Qui marche fous leur bannière.
A l'entour d'un gros jambon
Ils buvoient du bourguignon.
La Bétise étoit à table,
La Cruauté s'y plaça ;
C'eft dans cette orgie aimable,
Que cette nuit fe paffa.

Mais cependant des étoiles,
Le jour effaçoit l'éclat ;
La nuit replioit fes voiles ;
Il faut fonger au combat.

NOTES DU CHANT DEUXIÈME.

(1) L'Abbé FAUCHER, du comité des recherches ; inquisition nationale. C'est lui qui crioit en place de Grève : «ce sont les aristocrates qui ont pendu Jésus-Christ ; » mot sublime qui a fait pendre plusieurs aristocrates. — Voilà l'humanité de cet abbé, qui a toujours la fièvre-chaude , & dont le patriotisme n'est que démence & fureur.—

(2) CÉRUTTI , ex-Jésuiste Italien , écrivain irascible & pointilleux. Il n'entend rien à la politique , mais il a une politique ; c'est de se mettre toujours du côté le plus fort , d'abandonner ses amis, quand ils sont opprimés , & de semer , pour de l'argent , le blâme & la louange. M. NECKER se plaint beaucoup de lui.

(3) Tous DÉMAGOGUES , ou plutôt DÉMO-CRATES , & ils se laissent mener par l'abbé SIEYES & MIRABEAU ,

Qui les poussent au vice où leur cœur est enclin ,
Et leur osent du crime applanir le chemin.

(4) MIRABEAU , la honte de l'humanité & le fléau de la France. Son frère , loyal chevalier, est son inverse ; on ne peut pas le louer plus dignement , en ajoutant qu'il a plus d'esprit que MIRABEAU , qui a peut-être plus de talens.

(5) Madame LE JAY , maîtresse du précédent.

(6) LE DUC D'AIGUILLON', comme tout le monde le fait, se confondit avec les poissardes en habit de femme, dans la nuit du 5 au 6 octobre : Il vouloit se venger de la réforme qu'on avoit faite de ses chevaux-légers ; voilà son patriotisme.

(7) CHARLES LAMETH, élevé aux dépens de la Reine, qu'il a tiré de la misère, & l'a fait colonel. Il s'applique tous les jours, avec complaisance, à ce vers de CORNEILLE, qui dit que dans les révoltes publiques,

« Les cœurs les plus ingrats sont le plus généreux ».

C'est lui qui a fait l'heureuse expédition du couvent des Annonciades,

» D'où il revint sans perdre un seul homme ».

Son frère ALEXANDRE a bien autant de mérite que lui.

CHANT DERNIER.

QUAND l'aſtre qui nous éclaire,
Du côté de SAINT-MANDÉ
Eut tout PARIS inondé,
De ſa rapide lumière :
Cinq à ſix gros bataillons
Suivis de deux eſcadrons,
S'avancèrent en ſilence
Du côté de L'OBSERVANCE.

BAILLY ſachant le moment
Où ſe feroit l'armement,
Tête à tête avec ſa femme,
Qui croit être grande dame,
Etoit à prendre du thé
Avec beaucoup de gaité.
« MARAT ſera pris dit-elle,
» Que mon cœur eſt enchanté !
» Il vouloit par vanité
» Flétrir ta gloire immortelle ;
» Mais le ſort en eſt jetté.

» Oh ! mon épouſe fidelle !
Lui dit d'un air careſſant
Monſieur le Maire à l'inſtant ;
» Que ton diſcours eſt charmant
» Je veux te faire un enfant.

» Je te trouve toute belle
» Et mon feu se renouvelle.

     » Modère ton amitié
Lui dit sa chaste moitié ;
» Je ne fais point la coquette,
» Mais attend que la FAYETTE
» Ait enfermé le vaurien ;
BAILLY dit « je le veux bien ».

     NECKRE en qui la vertu brille,
Entre sa femme & sa fille,
Goûtoit dans le même instant
Le plus doux contentement.
» Nous ferons pourrir le drôle
» Au fond de quelque géole.
» Il attaque mes écrits,
» Il me couvre de mépris ;
» Moi ! dont le sublime rôle
» Jette partout tant d'éclat :
» Moi ! Ministre potentat,
» Être vexé par MARAT.

     STAEL (1) la fière Ambassadrice,
Sentit un noble courroux,
Qui fit rougir sa jaunisse.
» Mon père, consolez-vous ;
» Je veux faire une satyre
» Contre tous les insolens
» Que censurent vos talens

» Et de vous ofent médire.
» Mon cher NARBONNE LARA (2)
» Dans ce travail m'aidera.
GUIBERT (3) auroit pu le faire,
Sa plume eſt aſſez légère,
Mais il ne fait plus me plaire ;
Et dans mes hardis Pamphlets
J'écrâſerai CHAMPCENETZ , (4)
Ce cauſtique perſonnage.
Dont je hais le perſifflage.

    Sa mère, à ſes fiers accens,
Dit à tous deux, « Mes enfans,
» Car vous l'êtes ſans partage ;
» Et quand je vous enviſage ;
» Mon cœur fait comme mes yeux ;
» Je vous confonds tous les deux.
» Songez bien à notre gloire ;
» Servez-vous de l'écritoire ;
» Car c'eſt par cette arme la,
» Que ce grand Miniſtre eſt là.
» La horde patriotique
» Des MERCIERS & des GUDINS,
» Nous venge tous les matins,
» De la horde famélique
» Qui rampe ſous DÉMOULINS : *
» Leur penſion n'eſt pas forte ;
» Mais pour vaincre les MARATS,
» Nous avons la fière eſcorte

---

* Antagoniſte de M. *Necker.*

» Des STARDS & des GARATS. (6)
» Eh s'il faut plus de débats
» A cette avare cohorte ;
» Donnons-en, que nous importe ,
» Puisque nous n'en manquons pas.

» Mais raisonnons d'autre chose.
» Sans aucune lettre close.
» On a déjà pris MARAT ;
» Restaurons-nous d'une dose
» De ce mousseux chocolat ».

Toutefois dans l'entrefaite,
Le District des Cordeliers,
Avoit armé ses guerriers.
Par mainte & mainte charette,
Par les fiacres qu'on arrête,
Les passages sont fermés,
Et les fusils sont armés.
Mais de crainte qu'on ne perce,
Le passage du Commerce,
On y place deux canons
En deux ou trois pelotons.
A la porte, non-cochère,
De MARAT, gite ordinaire,
On met trente grenadiers,
Et cinquante fusiliers.
Appuyé de la rivière,
Le District SAINT SEVERIN
Avoit garni son terrein.

Lorfqu'arrivant par derriere,
Le Diftrict SAINT MARCEL,
Vint déployer fa bannière
Dans la place SAINT MICHEL.
NAUDET le grand Capitaine,
De peur qu'on ne fît le tour
Protégeoit le Luxembourg.
D'ANTON cet autre TURENNE,
Suivi de quelques guerriers,
Vifitoit tous les quartiers ;
En fe mettant hors d'haleine ;
Encourageoit le Soldat
A bien défendre MARAT.
Tant de gloire & tant d'éclat
Ne s'acquièrent point fans peine !
Le père DIEU, Cordelier,
Ne vouloit point de quartier.

Mais caché dans fon grenier
Monfieur FABRE D'ÉGLANTINE,
Voyant la guerre inteftine
TrembloToit de tout fon corps ;
Plus que s'il voyoit les mines
Des Huifliers & des recors
Qui lui vont chanter matines.

Le finge de VACHINSTON,
Entouré d'un bataillon
Et de ces chefs fubalternes,
S'en alloit caracolant .

Et touchoit presque en passant
Les cordes & les lanternes,
Où par un peuple félon
Il laissa pendre FOULON.
Il voit qu'à chaque avenue
On a placé du canon ;
Et que chaque bout de rue
Garni comme un bastion ,
Récèle un gros bataillon :
Cela trouble son génie ,
Et son âme est moins hardie
BARNAVE est tout étonné ;
Il étoit déterminé
A faire comme à Versaille ;
Mais risquer une bataille !
D'AIGUILLON tout essoufflé
D'être en poissarde affublé
S'enfuit au pas redoublé ,
Escorté par la canaille.

Braves comme RODOMONT,
Soudain sans crier alerte ,
Henri SALM & Jacque AUMONT (7)
S'en vont à la découverte ;
Partout de gros pelotons :
Alors Henri dit à Jacque ;
» Mon cher ami , décampons ;
» Ne commençons pas l'attaque ;
» Vois-tu pas ces gros canons !

» C'est bien dit, fesons retraite ;
» Replique Jacque à l'inftant ;
» Soldats ! demi tour à draite.
Le Soldat obéiffant
Dans un danger fi preffant,
Revient trouver LA FAYETTE ;
Dont la mine ftupéfaite,
Confterna le fier AUMONT,
Et fon brave compagnon.

Hardi comme NICODÊME *
VILLETTE (8) fe trouvant là
Propofe au mal un remède.
» Ce n'eft rien que tout cela ;
» La rufe eft bonne à la guerre,
» Comme un amour, dieu merci !
» Il faut tourner l'ennemi,
» Et l'attaquer par derriere.
Dans plus d'un événement
FRÉDÉRIC en fit autant. **

Mais les Troupes en préfence
S'obfervent & font filence :
Lorfque dans cette occurrence,
La maitreffe de MARAT ,
Vigoureufe chambrière

---

* Roi de Bithinie.
** Le feu Roi de Pruffe.

D'un

(33)

D'un couvent jadis Tourière, (9)
Dont l'œil n'est pas sans éclat,
Adresse cette prière,
Au trop malheureux Amant,
Qui cause tout son tourment.
» Veux-tu que l'on t'assassine ?
» Ou bien, dans une prison,
» Sans JAVOTTE, & sans cuisine ;
» Sur un mauvais pallaisson,
» Veux-tu que l'on te confine ?
» Prends ma coiffe, mon jupon,
» Et mon fichu de coton ;
» J'enfourcherai ta culotte,
» Et suivi de ta JAVOTTE
» Qu'on prendra pour un garçon ;
» Nous irons loin de la ville
» Prendre un autre domicile.
» Veux-tu voir brûler Paris ?
» Pour quelques mauvais écrits ».

MARAT n'en vouloit rien faire ;
Mais l'adroite Chambrière
En pleurant, en sanglottant,
Sût attendrir son amant.

» Je ne vaux pas tant de sang,
Dit MARAT, d'un air sensible ;
» Laissons la ville paisible ;
» Changeons d'habit à l'instant ;
» A l'amour tout est possible ».

C

Ce noble déguifement
S'opéra dans un moment.
De leur grenier ils defcendent, ì
Et fans le moindre embarras,
Ils traverfent les Soldats
Et dans la rue ils fe rendent.
En fe tenant fous le bras,
Le couple alongeoit le pas ;
Quand dans le coin d'une rue
Ils trouvent le frère GRUE, (1c)
Coupechou , mais efprit fort
Qui les reconnoit d'abord..
Il ne cria point merveille,
Et dans le creux de l'oreille ,
Il leur dit : « Vous faites bien ,
» Décampez, ne craignez rien.
» Quand vous ferez hors d'affaire
» Je fais bien ce qu'il faut faire ».
    MARAT lui dit à l'inftant,
» C'eft pour épargner le fang
» D'un Diftrict que je révère,
» Que je fuis en jupon blanc.
» Adieu, mon révérend frère ».

Le coupechou Cordelier ,
Craignant que quelque mitraille
Ne commençât la bataille ;
Cria partout le quartier
D'une forte baffe taille :
» MARAT a pris fon parti,

» Depuis longtems il a fui ».
On ne vouloit pas le croire ;
D'ANTON , jaloux de fa gloire ,
Envoie un détachement ,
Pour faire exacte vifite ,
Dans tout fon appartement ,
Et s'affurer de la fuite.
Il fût tout dans un moment.

Lors la paix fu réfolue.
On dépêcha frère GRUE ,
Devers le grand Général ,
Qui d'un air fort amical ,
Accueillit fon Ambaffade
Et lui fit un embraffade.

Auffitôt des deux côtés
On fit fonner la retraite ;
Et les Bourgeois enchantés ,
Crioient tous ,   LA PAIX EST FAITE.

Mais la noire CRUAUTÉ ,
Indignée & furieufe ,
De voir un pareil traité ,
Fuit d'un pas précipité ;
Et dans fa colère affreufe
Elle court au Châtelet
Méditer quelque forfait.
La BETISE plus tranquille
Revint à l'Hôtel-de-Ville.

Ainſi finit ſans combat,
Mais non ſans un ſot éclat
L'avanture de MARAT.

NOTES DU CHANT TROISIEME.

(1) La baronne DE STAEL n'eſt point indigne de ſon père & de ſa mère ; elle a autant d'eſprit que de beauté ; tous le monde ſait cela.

(2) Le Comte LOUIS DE NARBONNE avoit quitté Mademoiſelle CONTAT pour Madame de STAEL , mais il a ſait comme ANTOINE qui revenoit toujours à CLÉOPATRE , & l'Actrice l'a emporté ſur l'Ambaſſadrice.

(3) Le Comte DE GUIBERT avoit été quitté par Madame de STAEL ; une telle perte l'a conſolé de toutes ſes diſgraces.

(4) Le Marquis de CHAMPCENETZ , eſt la bête noire de l'Ambaſſadrice , à cauſe de cette ſameuſe épigramme qu'on lui a fauſſement attribuée, & qu'il a la candeur de déſavouer :

ARMANDE a pour eſprit tout ce qu'elle a pu lire ,
ARMANDE a pour vertu le mépris des appas ;
Elle craint le railleur que ſans ceſſe elle inſpire ,
Elle évite l'amant qui ne la cherche pas.
Puiſqu'elle n'a point l'art de cacher ſon viſage ,
Et qu'elle a la fureur de montrer ſon eſprit ;
Il faut la défier de ceſſer d'être ſage ,
    Et d'entendre ce qu'elle dit.

(5) Écrivains ſoudoyés.

(6) Comme les précédens.

(7) Le Prince de SALM & le Duc D'AUMONT signent leur nom démocratiquement, comme nous les avons écrits dans le poême, ce qui n'est pas mal ridicule. Les pauvres diables se vengent du mépris qu'ils ont toujours inspiré aux honnêtes gens, & se sont mêlés sans effort avec la canaille.

(8) Tout Paris connoît VILLETTE, citoyen émacif. VOLTAIRE est mort inconsolable de l'avoir loué.

(9) Effectivement la maîtresse de MARAT a été novice dans un couvent, d'où elle fut enlevée par notre héros.

(10) Frère GRUE, le *Lourdis* de l'avanture, est un fort bon diable, qui ne manque pas de bon sens, & à qui le district des Cordeliers doit une statue ; mais la multitude est une ingrate.

F I N.

www.ingramcontent.com/pod-product-compliance
Ingram Content Group UK Ltd.
Pitfield, Milton Keynes, MK11 3LW, UK
UKHW021648090726
13657UKWH00004B/1827